Cada noche, antes del beso,
papá se sienta en mi cama
y me cuenta algún secreto...

1.ª edición: septiembre 2014
2.ª edición: enero 2015

© Del texto: Roberto Aliaga, 2014
© De la ilustración: Miguel Ángel Díez, 2014
© Grupo Anaya, S. A., Madrid, 2014
Juan Ignacio Luca de Tena, 15. 28027 Madrid
www.anayainfantilyjuvenil.com
e-mail: anayainfantilyjuvenil@anaya.es

ISBN: 978-84-678-6149-5
Depósito legal: M-16113-2014
Impreso en España - Printed in Spain

Las normas ortográficas seguidas son las establecidas
por la Real Academia Española en la
Ortografía de la lengua española, publicada en el año 2010.

Reservados todos los derechos. El contenido de esta obra está protegido por la Ley,
que establece penas de prisión y/o multas, además de las correspondientes
indemnizaciones por daños y perjuicios, para quienes reprodujeren, plagiaren,
distribuyeren o comunicaren públicamente, en todo o en parte, una obra literaria,
artística o científica, o su transformación, interpretación o ejecución artística fijada
en cualquier tipo de soporte o comunicada a través de cualquier medio,
sin la preceptiva autorización.

¿Te cuento un secreto?

Roberto Aliaga • Miguel Ángel Díez

Cuando fui a la selva

ANAYA

¿Y esa cara de grillo?
¡Ah! Es por el anillo que se te ha perdido...
No te preocupes. Es algo habitual.
Algunos juguetes son tan revoltosos
que no saben estarse quietos y acaban perdiéndose.

¿Te cuento un secreto?

Hace mucho tiempo, cuando era pequeño,
a mí también se me perdió una pelota.
Estaba jugando con ella en casa de la abuela y,
de repente, desapareció entre las macetas.

Yo le tenía mucho cariño a esa pelota,
porque era de cuando trabajé en el circo.
Así que... ¿sabes lo que hice?

Cogí una linterna
y me puse a buscarla entre las plantas.
Al principio, fui a gatas. Luego, de rodillas...
Y al poco rato, ya pude ponerme de pie
y caminar entre los árboles.

Así fue como llegué a la selva.
Y como en la selva, aparte de explorar,
no se pueden hacer muchas más cosas,
me puse un gorro de explorador
y seguí buscando la pelota;
hasta que me encontré con un...

¿A que no sabes con qué me encontré?

¡Con un hombre orquesta!

Cuando dejó de tocar,
le pregunté si había visto pasar por allí una pelota.
—A mí no me gustan los niños —dijo muy serio—.
Por eso no pienso decirte que se la han llevado
unos monos bigotudos.

¡Qué tonto! ¡Si ya me lo había dicho!

Los monos bigotudos me explicaron
que ellos no tenían la pelota.
Quien la tenía era el rey de la selva.
Lo habían visto jugando con ella.
Y, muy amablemente,
me indicaron el camino a seguir...

«¡Qué bien!», pensé, porque me hacía ilusión
conocer al mismísimo rey de la selva.
Pero, por más que busqué,
no fui capaz de encontrarlo.
No vi el castillo. Ni el trono. Ni la corona...

Y entonces, ¿sabes de qué me acordé?

¡De que a mi pelota le encantaba el agua!
Daba igual que fuera de la piscina,
de la bañera o de una charca.
¿Dónde estaría el lago más cercano?

Una simpática boa me sacó de dudas.
Yo me quité el sombrero,
le di las gracias y salí corriendo.

Saltando sobre las piedras,
recorrí el lago de cabo a rabo.
Pero mi pelota no estaba allí.

Después, me subí al más alto de los árboles,
y desde allí la estuve buscando,
por si se hubiera colado de un salto.

Cuando pensaba que jamás la encontraría,
escuché unas risas.
Las risas me llevaron a un poblado.
El poblado estaba lleno de niños.
Y los niños se divertían tanto...

—Venga, a dormir, que es muy tarde...

¡Es verdad! Miré mi reloj de bolsillo
y vi que era tardísimo.
¡La abuela se iba a enfadar conmigo!
Eché a correr y me metí por una puerta
donde ponía: Salida.

¿Y adivinas dónde aparecí?

¡En el fregadero de la cocina!

Cuando la abuela me vio salir lleno de barro, puso el grito en el cielo, ¡pero yo estaba tan contento! ¿Por mi pelota? No, qué va. Nunca más volví a verla. Pero no me importó.

¿Y sabes por qué?

Porque las cosas que perdemos
no desaparecen, solo cambian de lugar.
Y, a veces, se van con alguien que las necesita más.

Mi pelota se quedó a vivir en la selva,
con aquellos niños.

Y tu anillo...
¡Quién sabe cuál será su destino!